QUELQUES OPINIONS

DE

M. ANTONIN MONMARTIN

SUR

L'ÉCOLE LA MARTINIÈRE

RÉFUTÉES

PAR

M. LOUIS DUPASQUIER

ARCHITECTE DU GOUVERNEMENT

CORRESPONDANT DU MINISTÈRE DE L'INSTRUCTION PUBLIQUE

MEMBRE DE L'ACADÉMIE DES SCIENCES, BELLES-LETTRES ET ARTS DE LYON;

ETC., ETC.,

CRÉATEUR

DU COURS DE DESSIN PROFESSÉ PAR LUI

A L'ÉCOLE LA MARTINIÈRE

de 1835 à 1854

———

AVEC NEUF PLANCHES.

———

LYON

IMPRIMERIE D'AIMÉ VINGTRINIER

RUE DE LA BELLE-CORDIÈRE, 14.

——

1863

RÉFUTATION

QUELQUES OPINIONS

DE

M. ANTONIN MONMARTIN

SUR

L'ÉCOLE LA MARTINIÈRE

RÉFUTÉES

PAR

M. LOUIS DUPASQUIER

ARCHITECTE DU GOUVERNEMENT

CORRESPONDANT DU MINISTÈRE DE L'INSTRUCTION PUBLIQUE

MEMBRE DE L'ACADÉMIE DES SCIENCES, BELLES-LETTRES ET ARTS DE LYON;

ETC.; ETC.,

CRÉATEUR

DU COURS DE DESSIN PROFESSÉ PAR LUI

A L'ÉCOLE LA MARTINIÈRE

de 1835 à 1854

—

AVEC NEUF PLANCHES.

LYON

IMPRIMERIE D'AIMÉ VINGTRINIER

RUE DE LA BELLE-CORDIÈRE, 14.

—

1863

PL. XLI

ENSEIGNEMENT DU DESSIN A L'ECOLE LA MARTINIÈRE.

METHODE DUPASQUIER

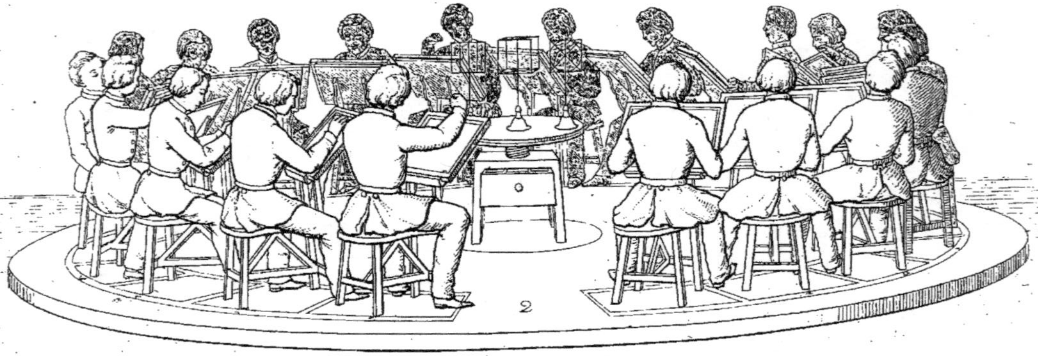

FAC-SIMILE.

D'UNE EPREUVE PHOTOGRAPHIQUE FAITE PAR DISDERI

AU PALAIS DE L'EXPOSITION UNIVERSELLE EN 1855.

Louis Dupasquier arch. inv.t

J. M. Fugère sculp.

REFUTATION

PAR

M. LOUIS DUPASQUIER

Bien persuadé que la raison publique fait tôt ou tard justice des prétentions mal fondées, je n'avais pas cru devoir réclamer contre l'opinion émise, en 1839, par M. Antonin Monmartin, sur l'enseignement du dessin à l'Ecole la Martinière; soit que ma position de professeur m'en fît alors un devoir de convenance, soit aussi parce qu'à cette époque, M. Monmartin, tout en insinuant que le cours de dessin était le résultat de ses propres vues, n'avait cependant pas oublié de citer le professeur chargé de ce cours (1).

---

(1) Page 51 de la brochure publiée, en 1839, par M. Monmartin, sur l'École la Martinière, il est dit : « Quant au cours de dessin, « résultat de nos propres vues, des instruments de travail que « nous y avons introduits, et de l'habileté du professeur qui le « dirige. »

Le même administrateur ayant émis de nouveau dans une brochure, publiée en 1862, les mêmes prétentions, plus nettement exprimées, sur la création d'un enseignement que j'ai mis vingt années à organiser et à développer, pour les exigences d'une classe composée de 3 à 400 élèves, ne travaillant que sept à huit heures par semaine, durant deux années scolaires, je ne saurais me taire plus longtemps, sans laisser porter atteinte à mon droit d'auteur; peut-être aussi à ma considération personnelle, en laissant planer un doute sur le véritable créateur des méthodes publiées par moi en 1849, avec l'approbation de la Commission administrative de l'Ecole la Martinière.

Je ne serais pas plus excusable si je ne réclamais contre l'oubli des services rendus à la même école par le docteur *Alphonse Dupasquier*, mon frère, qui, pendant de longues années, a consacré son savoir et son dévouement à l'instruction spéciale des élèves de la Martinière.

Toutefois, je me fais un devoir et m'empresse de déclarer qu'en revendiquant l'honneur de créations utiles, ainsi qu'en rappelant les services rendus par mon frère, je n'entends en aucune façon enlever ou même amoindrir le mérite personnel ainsi que la haute direction imprimée à cet établissement par son administration ; *mais à chacun ses œuvres.*

Ceci exposé, voici les passages de la brochure de M. Monmartin, publiée depuis peu, contre lesquels je suis obligé, bien malgré moi, de protester avec le calme que donne une conscience honnête et tranquille.

Pages 32 et 33 de cette brochure, il est dit :

« En ce qui touche l'enseignement du dessin, où procède
« évidemment un autre ordre d'idées, où l'instruction orale
« et questionnée n'est que l'accessoire, où il s'agit avant
« tout, d'apprendre à l'œil et à la main à obéir à la volonté,
« voici la pensée de *l'auteur de la méthode qui y est*
« *appliquée, etc., etc.* »

Et page 35, après avoir développé ses idées sur l'enseignement du dessin, il ajoute :

« C'est là ce qui constitue le deuxième principe fonda-
« mental de la méthode expérimentée à la Martinière, dont
« *l'auteur, M. Monmartin, etc., etc.* »

Page 36, au paragraphe commençant par ces mots :

« Toutefois on aura une idée exacte de l'application de
« cette méthode et *du peu d'espace nécessaire à son instal-*
« *lation.* »

Et finissant par ceux-ci (page 37) :

« Terminant leurs études d'école par le tracé et dessin
« perspectif au lavis d'une machine quelconque et par
« la perspective graphique d'un sujet de composition
« donné (1). »

---

(1) M. Monmartin résume à peu près, dans ce paragraphe, les idées développées dans mon cours publié, en 1849, et oublie en-

Enfin, page 45 :

« On a établi dans les bâtiments de l'École un grand
« atelier de mécaniciens...... et un atelier de *sculpture*
« *pratique* qui comprend le modelage en terre, la mise au
« point, la taille et l'ornementation de la pierre tendre et
« du bois ainsi que le moulage au plâtre. »

Si, en publiant cette nouvelle brochure (et tout
en insistant sur sa coopération administrative),
M. Monmartin eût été juste pour les professeurs
qui ont organisé l'enseignement de cette nouvelle
institution, je me fusse encore abstenu, sans doute, de réclamer autrement qu'en renvoyant aux
faits développés nettement dans ma publication
de 1849, puis en 1852 ; car j'aime à donner
l'exemple du respect que l'on doit aux hommes
qui consacrent noblement leur vie au bien public et dont le désintéressement et la modestie
rehaussent encore le mérite personnel.

Mais, ainsi que je l'ai dit, la position toute ex-
ceptionnelle qui m'est faite par cette dernière
publication, me force à sortir de ma réserve ha-
bituelle, ne voulant pas, par mon silence, laisser
se développer une opinion que tendrait à faire
naître une rédaction fort habile et une subtilité
de langage que je ne saurais imiter.

---

core de dire que *le peu d'espace nécessaire à son installation* est dû
à la création, faite par moi, d'un matériel complètement nouveau.

Je vais donc résumer brièvement l'historique des circonstances qui m'ont conduit successivement à créer :

1° Une nouvelle méthode pour l'enseignement raisonné du dessin ;

2° Une organisation complètement neuve de la disposition du matériel et de l'outillage de cette classe, à la Martinière ;

3° Enfin un atelier de sculpture pratique.

Nommé, en 1829, par M. de Lacroix-Laval, alors maire de Lyon, sur la présentation de M. Tabareau, qui, depuis 1825, s'occupait officiellement de l'organisation de l'Ecole, j'ai professé durant plusieurs années au palais Saint-Pierre, où fonctionnait provisoirement cette nouvelle institution, en m'inspirant des leçons de mes honorables professeurs, MM. Legendre-Hérald et Chenavard ; mais ce ne fut qu'en 1833 que, l'Ecole étant définitivement établie dans les bâtiments des Petits-Augustins, il me fut demandé d'abandonner l'enseignement de la figure et de l'ornement, pour me renfermer spécialement dans celui du dessin des machines.

Je répondis à M. Leymerie, alors directeur de l'Ecole, chargé de me transmettre l'ordre de l'Administration, que sa demande était grave et méritait de mûres réflexions, pour apprécier ce qu'il y avait de mieux à faire dans l'intérêt des nombreux élèves qui m'étaient confiés. En effet, je m'aperçus bien vite, ainsi que je l'avais prévu, combien il serait difficile de me faire comprendre de cette jeunesse,(si attentive cependant lorsque l'enseignement parle à sa raison), en lui faisant dessiner immédiatement des modèles reliefs: je me décidai donc à faire précéder les leçons de dessin d'un cours élémentaire de perspective linéaire, pour établir entre les élèves et le professeur un langage compris de tous.

Le résultat en fut heureux et me confirma dans cette pensée, que, si je parvenais à exercer simultanément les sens et la raison, j'aurais fait faire un grand pas à cet enseignement. Cependant, ce ne fut qu'en 1835, que je créai et fis construire sous mes yeux et sur mes dessins les modèles en fil de laiton, servant à résoudre pratiquement les éléments de perspective (pag. 29 à 52 du cours, pl. 1 et 2 ci-annexées).

J'ajoutai peu après le modèle d'un *tore* également en fil de laiton, donnant les principes du développement des moulures; enfin je complétai cette partie de l'enseignement par l'application de ces principes au dessin d'une colonne avec base et chapiteau (pag. 53 et 66 du cours, pl. 3), pour terminer par un modèle à quatre colonnes (pag. 67 à 86, pl. 5, 33 et 34), comprenant la plupart des difficultés à résoudre en perspective.

Cette méthode si simple et si rationnelle me donna, dès cette époque (1835), le moyen d'exercer simultanément l'œil, la main et surtout l'intelligence des élèves, en les préparant en outre à décomposer plus tard toutes les formes des modèles reliefs qu'ils auraient à dessiner.

Pendant plusieurs années j'avais fait tracer la base d'un cube par les moyens employés dans les écoles de dessin ; c'est-à-dire en faisant comparer les pentes entre elles (1). Mais ces moyens tout primitifs ne pouvaient suffire à l'enseignement de 3 à 400 élèves ; il devenait donc nécessaire de trouver un principe sûr pour résoudre d'une manière exacte et prompte le problème suivant : « *La pente de l'un des côtés d'un parallélogramme étant donnée, trouver, par une simple formule, la pente du deuxième côté.* »

Ce problème, résolu par la figure géométrique n° 1, pl. 2, pag. 37 à 44 du cours, donne pratiquement le résultat tant désiré, à savoir : *que la pente des lignes d'un carré doit se tracer dans le rapport inverse du développement perspectif de ses surfaces* (voir la pl. 2, ci-annexée).

La solution pratique de ce problème de la pente des lignes, comparée au développement

---

(1) Voir la brochure sur l'enseignement du dessin publiée par M. Rey, en 1835, dans lequel cet habile professeur de l'École des beaux-arts parle de l'emploi du cadre vérificateur.

des surfaces, dont nul auteur n'a parlé, est d'une grande importance pour l'enseignement ; car elle donne aux élèves le moyen de ne jamais hésiter à l'application, rendue si simple par cette méthode, qu'il faut beaucoup moins de temps pour dessiner un carré ou un cube en perspective, que pour en faire la démonstration.

Enfin ce même problème appliqué au développement des cercles, rend facile aux élèves le tracé des moulures les plus compliquées, car, en employant cette méthode, ils les dessinent avec une telle sûreté qu'il serait difficile aux dessinateurs possédant des connaissances spéciales en géométrie descriptive et une grande habileté de crayon, de les faire avec plus de perfection (pages du cours 45 à 86, planches 2, 3, 4, 8, 33, 34 et 35).

C'est, en effet, ce qu'écrivait M. Michel Chevalier après une visite à la Martinière (*Courrier de Lyon*, 4 octobre 1844) :

« N'est-il pas déplorable, disait-il, qu'un jeune ingénieur,
« qui sort de l'Ecole polytechnique, ne sache pas faire un
« croquis de machine à beaucoup près aussi bien que
« l'apprenti âgé de quinze ans qui sort de la Martinière. »

On peut donc dire avec raison que cette méthode conduit à dessiner perspectivement, avec autant d'exactitude qu'en employant les moyens indiqués par la géométrie descriptive, dans son application à la perspective, en consacrant infiniment moins de temps au tracé de la figure, et sans exiger de l'élève, des connaissances spéciales en mathématiques.

Je dois ajouter que, sans employer les formules scientifiques, cette méthode s'appuie constamment sur les principes de la science et ne s'en écarte jamais, sauf quelques licences pratiques exigées par le goût et l'observation ; licences que recommandent même les meilleurs auteurs qui ont traité de la perspective : Voici, en effet, ce que dit Thibaut, page 131 de son cours :

« Personne n'est choqué des licences perspectives lors-
« qu'elles ne blessent ni l'œil ni la raison, et qu'elles
« tournent au profit de la beauté du tableau. »

Cette première partie de mon cours fut nommée *perspective pratique* (1) et fut complétée par l'étude du dessin géométral et par celle du croquis.

Le *dessin géométral* a pour but principal d'habituer l'élève à dessiner géométralement et par appréciation le croquis d'un modèle, (plan, coupe et élévation), pour y placer les cotes nécessaires à le reproduire sur une échelle donnée avec la règle et le compas.

---

(1) Les modèles en fil de laiton, ainsi que ceux en bois, ont tous été faits sur mes dessins, par M. Gabet, mécanicien de l'École et surveillant de ma classe, ainsi que par M. Rothner, l'un des meilleurs élèves de la Martinière. (Voir les planches 1, 2, 3 et 4 ci-jointes, et les planches 5 et 24 du cours).

Le *dessin croquis* ne pouvant être que l'application des principes déjà développés, n'est enseigné qu'à la fin de chaque année scolaire, soit pour y exercer les élèves, soit aussi pour montrer au jury d'examen le résultat général des études (voir les pages 91 à 96 du cours, planches 7 et 8).

Je ne dis rien du dessin de projection, ainsi que des éléments de géométrie développés dans les pages 97 à 128, planches 7, 8, et 9, car je n'ai fait que reproduire les anciennes formules nécessaires à mon enseignement.

Mais il n'en est pas de même de la *perspective linéaire,* que je me suis efforcé de simplifier pour la rendre accessible à mes élèves (voir les pages 129 à 190, planches 10, 11, 12, 13, 14, 15, 16, 36 et 37-38.

Perspective linéaire.

Si, dans l'organisation de cette partie de mon cours, je me fusse borné à reproduire les éléments déjà développés dans tous les traités de perspective antérieurs à 1848 , je n'en parlerais même pas ; mais les exigences de mon enseignement ne permettaient pas l'emploi des moyens connus ; il fallait non-seulement les simplifier,

mais surtout obtenir la *suppression des projec-*
tions, c'est-à-dire, dispenser l'élève de l'obligation d'établir le plan et l'élévation des corps,
ainsi que cela se pratiquait dans toutes les écoles,
et que cela était démontré dans tous les traités.

Ce résultat fut obtenu par l'emploi généralisé
des *lignes proportionnelles*.

Cette nouvelle application des *lignes propor-*
tionnelles simplifie tellement les opérations, qu'un
élève, sans aucune connaissance de la géométrie
descriptive, trace sans hésitation une vue d'après
nature ou d'après un programme dicté par le professeur avec autant d'exactitude que par les anciennes méthodes, et surtout avec beaucoup plus
de rapidité, ce qui était exigé par le peu de temps
accordé aux élèves, à la fin du cours, pour le
rendu d'un dessin résumant la plus grande partie des difficultés de la perspective (voir les planches 33 et 37-38) ; je dis la plus grande partie
avec intention, car je n'ai pas eu la pensée de rédiger un cours complet de perspective linéaire,
soit que cela eût été inutile aux besoins de la
Martinière, soit aussi comme peu nécessaire au
plus grand nombre des dessinateurs.

2ᵉ année scolaire.

Les éléments enseignés pendant la première année ne pouvaient suffire à des jeunes gens destinés, en grande partie, à être placés à la tête des ateliers industriels ; il fallait donc compléter ces éléments en donnant le moyen de reproduire facilement toutes les formes qu'un simple trait ne peut toujours faire comprendre. *Rappeler et faire l'application des principes enseignés précédemment, en y ajoutant l'étude raisonnée des ombres et du lavis, tel était le programme à réaliser.*

Mais comment initier les deux cents élèves de la 2ᵉ année à la pratique de ces deux sciences, en employant les méthodes ordinaires pour en faire l'application à des dessins perspectifs? Cela était difficile, si ce n'est impossible, pour obtenir un résultat général et sérieux. Il devenait donc nécessaire encore de coordonner une méthode permettant de tracer les ombres des corps, sans utiliser les projections, en faisant disparaître toutes les démonstrations scientifiques, et réduisant cette méthode à de simples formules, ainsi que je l'avais fait pour la perspective pratique.

Enfin trouver un nouveau mode d'enseignement pour le lavis, plus simple, plus rationnel, procédant par analyse et applicable aux dessins perspectifs faits d'après relief.

La nature même de mon enseignement, ainsi que ses besoins spéciaux, m'ont fait successivement découvrir ces moyens et ces formules, comme le démontrent le texte et les planches du cours ci-après désignées.

Tracé des ombres.

Après avoir enseigné rapidement aux élèves les éléments du tracé des ombres en les démontrant sur le tableau (voir le cours, pag. 193 à 225, planches 17, 18, 19, 20, 21 et 22), on passe au tracé des ombres sur un dessin géométral, sans utiliser les projections (pages 227 à 231, planche 23) pour terminer par l'application de cette nouvelle méthode aux dessins perspectifs (pages 233 à 245, planches 24 et 34).

Lavis.

Ce nouvel enseignement du lavis consiste :

1° *A ne jamais faire copier un lavis,* mais à procéder par le raisonnement.

2° *A laver sur des dessins faits au crayon, d'après nature,* en supprimant l'emploi de la plume et du tire-ligne, comme exigeant beaucoup plus de temps et donnant en définitive un résultat moins satisfaisant.

3° *A limiter et surtout à régler le nombre et l'emploi des teintes.*

2

4° *A remplacer les modèles par une démonstra-tion pratique* qui consiste à faire réunir autour du professeur les élèves d'une section pour laver, devant eux, quelques moulures de la planche 25, et plus tard une fraction d'un dessin fait d'après nature, en leur rappelant verbalement les principes développés dans les chapitres consacrés à cet enseignement. Cette démonstration pratique et théorique aide puissamment le professeur à obtenir de tous les élèves un résultat généralement bon et harmonieux (voir les pages 247 à 271, planches 25, 26, 27, 28, 34 et 39 du cours).

La solution de ces deux problèmes : *Du tracé des ombres sans projections,* et *du lavis raisonné sans modèle,* le tout coordonné en méthode simple et facile, m'a permis de terminer durant la 2e année scolaire ne comprenant que 160 heures d'étude :

1° Le résumé de l'enseignement de la 1re année;

2° Le complément des études de géométrie et de perspective linéaire;

3° L'étude des ombres et du lavis appliqués aux dessins perspectifs;

4° L'exercice du croquis et des projections;

5° Enfin la préparation et l'achèvement des concours de fin d'année dont les résultats étonnent toujours les hommes spéciaux.

Organisation et outillage de la classe de dessin

(Voir les planches nᵒˢ 29, 30, 31, 32 ainsi que la planche ,41 ci-annexées).

(NOTA). La planche 41 donne le *fac simile* d'une épreuve photographique faite par Disderi, au palais de l'Exposition universelle en 1855.

Jusqu'en 1843, le cours de dessin a été professé dans les galeries orientale et méridionale des bâtiments de la Martinière ; à cette époque, l'Ecole prenant, chaque année, plus de développement, je fus chargé, comme architecte de l'établissement, de faire des réparations au grand bâtiment nord et d'organiser à nouveau la classe de dessin au deuxième étage de ce bâtiment , le premier étage étant destiné aux classes de mathématiques, et le rez-de-chaussée à l'enseignement et aux laboratoires du cours de chimie.

C'est de cette époque seulement que datent les transformations que j'ai fait subir à l'outillage ainsi qu'à la disposition de la classe de dessin, nouveaux éléments qui ont puissamment aidé aux progrès des élèves ainsi qu'à leur bien-être et à la surveillance générale (un seul employé suffisant actuellement à maintenir l'ordre dans une classe composée de 350 à 400 élèves).

En effet, *l'adoption du cercle en remplacement des*

tables posées parallèlement présente l'avantage de placer tous les étudiants à une distance égale du modèle ; or ce modèle, occupant le centre du cercle, s'offre à chaque élève sous un aspect différent, d'où il résulte pour eux l'obligation d'étudier sérieusement, car ils ne peuvent se copier. En outre, cette nouvelle disposition permet au professeur de donner la leçon à l'ensemble des élèves, sans craindre que les figures qu'il trace sur le tableau de démonstration puissent être imitées par eux.

La forme du *bidet* ou *siége à tablette mobile*, laisse aux élèves toute liberté de mouvements, chose importante à leur âge ; cette forme donne encore le moyen de les isoler, dès lors de les rendre responsables de leurs actes ainsi que des outils qui leur sont confiés ; enfin cet isolement facilite le changement de disposition de la classe à l'époque des concours de fin d'année sans qu'il puisse en résulter aucune confusion.

La forme admise pour le *porte-modèle*, dont la table s'élève ou s'abaisse à volonté, permet de placer les objets à dessiner à la hauteur convenable pour le développement de leurs surfaces, car cette hauteur varie nécessairement suivant les dimensions des modèles.

Enfin les numéros d'ordre fixés dans le pavage, et rappelés sur les chaises et les outils, empêchent tout désordre et facilitent l'inspection qui se fait tous les mois ; mesure nécessaire et des plus utiles dans une école gratuite où tout est fourni aux élèves par l'administration.

En résumé, *cette nouvelle organisation* aide l'enseignement, ainsi que l'inspection du professeur; dès lors permet d'imprimer aux études une unité nécessaire à leurs progrès, en même temps qu'elle développe et maintient, chez les élèves, cet esprit d'ordre et de travail dont on ne saurait trop donner l'habitude à la jeunesse (1).

Moyens employés concurremment avec la méthode analysée ci-dessus.

Parler à l'ensemble des élèves, en appuyant les démonstrations de figures tracées sur un tableau; utiliser l'éponge humide pour effacer sur l'ardoise ou sur la planchette noircie les dessins négligés ou mal compris afin de multiplier les démonstrations (2);

---

(1) Les porte-modèles et les bidets ont été faits, en 1843, sur mes dessins, par MM. Charnod et Delaye; le pavage avec divisions et numéros émaillés, par MM. Michel et Cochard, tous entrepreneurs à Lyon.

(2) L'usage de l'ardoise, utilisée pour le cours de perspective pratique, a pour but principal, non de faciliter le travail des élèves, ce qui serait nuisible à leurs progrès, mais de permettre au professeur d'effacer rapidement les erreurs faites; dès lors de pouvoir multiplier ses démonstrations : le 2e but atteint est l'économie.

Il en est de même de l'emploi de la *planchette noircie* que j'ai introduite (à l'imitation de M. Tabareau), dans l'enseignement

Donner un seul modèle à 20 ou 3o élèves pour établir entre eux un concours constant et stimuler leur émulation ;

Décomposer ce modèle, en divisant les démonstrations pour les rendre plus claires en les rendant plus simples ; dès lors en appelant l'attention des élèves fractionnellement et successivement sur les difficultés à résoudre ;

Tels sont les moyens pratiques utilisés concurremment avec la méthode pour obtenir des résultats généraux bien préférables, ce nous semble, à la fâcheuse habitude de se borner à former quelques sujets d'élite.

Toutes les parties du cours empruntent à l'idée créatrice la rationalité et la simplicité des procédés ; toute étude inutile est mise de côté ; constamment rappelés à des principes clairement démontrés, les élèves marchent vite ou lentement, suivant leur aptitude ou leur travail, mais ils marchent sûrement. Si, à la fin du cours, ce ne sont pas des artistes que l'on a formés, ce sont, au moins des enfants parfaitement préparés à parcourir avec fruit les carrières industrielles ou à se livrer à l'étude spéciale des beaux arts, car, tout en ne consacrant, comme je l'ai dit, que sept

---

de la perspective linéaire. (Voir ce que je dis à ce sujet, pag. 26 et 131 de mon cours, publié en 1849, ainsi que dans ma notice envoyée à l'exposition universelle de 1855).

à huit heures par semaine à l'étude du dessin,
ils sont suffisamment éclairés sur leur aptitude
pour choisir une profession en rapport avec leurs
facultés intellectuelles.

Voici un extrait du rapport de M. le général
Morin et de M. Tresca à la Commission universelle
de Londres, en 1862, relatif à l'Ecole la Martinière, qui vient corroborer mes opinions sur mon
enseignement du dessin, avec cette autorité que
donne l'expérience et les faits accomplis :

« Les autorités municipales devraient être toutes invitées
« à suivre, dans leurs détails, les leçons de la Martinière ;
« *les leçons de dessin surtout,* dans lesquelles la main n'a
« jamais à obéir qu'à une réflexion intelligente, née de
« l'analyse du modèle. On y réussit assez bien en deux
« années à dégrossir l'élève pour qu'il puisse ensuite se
« perfectionner de lui-même et acquérir ainsi une sûreté de
« main qui doit compter pour beaucoup dans la pratique de
« l'industrie, etc. »

Après avoir exposé rapidement les méthodes
créées par moi pour un enseignement dont l'utilité
est doublement consacrée par les résultats obtenus, et par l'opinion des hommes spéciaux, enfin après avoir fait connaître l'organisation nouvelle de la classe, je vais compléter l'historique
de ces créations.

En 1848, mon cours était à peu près complet
dans ma pensée, mais le temps m'avait manqué
pour le rédiger en un corps d'ouvrage, quoique

chaque jour l'utilité m'en fût démontrée, soit pour donner encore plus d'unité à mon enseignement, soit aussi pour répondre aux demandes qui m'étaient faites de la France et de l'étranger, dans le but d'appliquer ma méthode à des écoles spéciales.

La Révolution de février 1848, en suspendant les grands travaux, me donna le temps de réaliser le projet que je méditais depuis plusieurs années; je me mis donc à l'œuvre et rédigeai le manuscrit ainsi que les planches de la première édition.

Mais, avant de livrer au graveur et à l'imprimeur ces documents, je crus de mon devoir de les présenter et de les développer devant l'administration de l'École la Martinière.

Ce ne fut donc qu'en 1849 que je priai l'administration de cette école de me recevoir en séance officielle pour entendre la lecture de mon manuscrit

La Commission se composait de M. CHRISTOPHE MARTIN, vice-président, et de MM. les administrateurs MICHEL, REVERCHON, MATHEVON, MONMARTIN, enfin du directeur, M. DELAMARE.

Il fut décidé, dans cette séance, que je publierais mon cours en mon nom, et qu'ainsi que cela se pratiquait pour les cours de mathématiques et de chimie, il serait remis aux élèves pour faciliter leurs études et aider à leurs progrès.

J'en appelle à la loyauté des membres de la

Commission, alors présents à la séance, pour affirmer qu'aucune réclamation ne fut faite par M. Monmartin, au sujet de :

« Mon droit comme auteur et créateur des méthodes que
« je venais de développer devant l'Administration de l'École,
« ainsi que sur la nouvelle organisation du matériel de la
« classe de dessin. »

Le silence de M. Monmartin fut la conséquence naturelle des faits, car, en 1839, alors qu'il publiait sa brochure, mon enseignement était encore à l'état d'enfance ; à cette époque je n'avais créé que les premiers éléments de la perspective pratique complétée plus tard par le problème du développement proportionnel des surfaces, puis par celui des courbes employées pour toutes les moulures dessinées perspectivement.

Mais, en 1849, j'avais ajouté à la perspective pratique, formant la première partie de mon cours : 1° *la théorie des ombres appliquée aux dessins perspectifs sans employer les projections ;* 2° *le lavis raisonné et sans modelé ;* 3° enfin *la perspective linéaire tracée sans plan ni coupe, en utilisant principalement les lignes proportionnelles.*

Je dois cependant dire que je dus, en 1849, refuser à M. Monmartin de lui communiquer les épreuves typographiques de mon cours avant leur impression définive, car après avoir rempli un devoir de convenance envers l'Administration de l'École, j'entendais être libre dans la rédaction de

mon ouvrage, et rester seul complètement res-
ponsable des opinions émises par moi dans cette
publication.

Si M. Monmartin venait dire aujourd'hui que
je n'ai fait que développer ses idées, je lui ré-
pondrais comme je l'eusse fait en 1849, si cela
eût été nécessaire alors, que s'il considère comme
tel le seul fait d'intervention de sa part, celui
d'avoir demandé, en 1833, au directeur, M. Leymerie, de placer sur les tables des élèves, avec
ordre de les faire dessiner, *des rabots et autres
instruments de menuiserie*, je lui abandonne entiè-
rement cette pensée née de l'engouement de la
méthode Jacotot à cette époque (1) : mais j'affir-
me, sans crainte d'être démenti par des faits, que
M. Monmartin ne m'a pas plus indiqué l'idée de
mon enseignement qu'il ne m'a aidé à dévelop-

---

(1) La pensée de débuter dans l'enseignement du dessin par le
relief, a été préconisée par Jacotot ; mais, en utilisant cette pensée, je dois dire qu'à l'inverse de ce novateur, qui voulait faire
dessiner un modèle incompréhensible pour des commençants
j'ai voulu, contrairement à cette idée, faire comprendre avant de
dessiner (A) ; il a fallu, pour obtenir ce résultat, me servir des
sciences spéciales à l'art du dessin, et les simplifier pour les rendre accessibles à tous, ainsi que l'avait fait pour les sciences industrielles mon maître et mon ami, M. Tabareau. (Voir sa brochure publiée, en 1828, sur ce sujet).

(A) — Voir mon discours sur l'enseignement de l'art, publié,
en 1846, où j'exprime la même pensée, page 14, pour le haut
enseignement artistique.

per ma méthode; pas plus encore qu'il n'a guidé
M. Tabareau, dans la création de son cours appliqué à l'enseignement des sciences industrielles;
pas plus enfin qu'il n'a eu l'idée de l'organisation
de l'Ecole, car à l'Académie des sciences, belles-
lettres et arts de Lyon revient l'honneur d'avoir,
dans sa séance du 10 septembre 1822, déclaré,
conformément aux pouvoirs qui lui avaient été
conférés par le testament du major-général Martin:
« que la Martinière serait une école gratuite d'arts
« et métiers, spécialement appliquée au progrès
« et au perfectionnement de l'industrie lyon-
« naise (1). »

En 1849, je présente, ainsi que je l'ai dit, mon
manuscrit à l'Administration de l'Ecole qui l'ap-
prouve sans observation, puis je le fais imprimer
avec son assentiment.

En 1852, je publie une seconde édition en la
complétant et la fais distribuer aux élèves (2).

---

(1) Voir la brochure publiée, en 1825, par M. Tabareau, sur
le projet d'organisation d'une école d'arts et métiers à Lyon.

(2) Cette deuxième édition étant presque épuisée, je m'occupe
d'en publier une troisième, que j'appelerai populaire, parce que
son faible prix la mettra à la portée de tous les élèves de la Martinière et même des institutions primaires.

N'ayant plus à faire la dépense de la gravure et des cuivres
des quarante planches, enfin en donnant moins de luxe au texte,
sans nuire cependant à sa bonne exécution, il a été possible de
réduire le prix de l'ouvrage de plus de moitié.

A la même époque, M. Mouillard, proviseur
du Lycée de Lyon, comprenant de quelle importance serait, pour les élèves de la section du com-
merce et de l'industrie, l'adoption de cette méthode, me fit la demande de me charger de ce
cours ; je dus répondre que mes travaux profes-
sionnels ne me permettaient pas ce double enseignement. La même demande m'avait déjà été
faite, en 1844, par M. Nivière, directeur de la
Saulsaie, et, en 1851, par M. Martin, principal du
Collége de Vienne.

M. Dezé, préfet du département de l'Ain, ancien professeur aux écoles du gouvernement,
voulant, en 1852, étudier cette méthode pour en
conférer avec le Ministre et organiser un enseignement analogue à Paris, vint passer deux jours
avec moi à l'Ecole et dans mon cabinet, pour
s'initier aux méthodes que j'avais créées.

En 1853, M. Franklin, officier du génie sarde,
chargé, par son gouvernement, de faire un rapport sur les méthodes de l'Ecole la Martinière,
me fut adressé par M. Tabareau, pour faire une
étude consciencieuse et approfondie de celle que
j'avais créée à l'Ecole.

M. Christophe Martin m'écrivait, en février
1853, pour me remercier de l'envoi d'un exemplaire de mon cours et me disait :

« Notre École était appelée à devoir beaucoup à votre
« famille ; votre frère y a laissé d'honorables souvenirs, et

« vous, Monsieur , par vos lumières et votre dévouement ,
« vous lui imprimez, dans la branche la plus utile de l'en-
« seignement, un progrès qui la signale à l'admiration de
« tous.

« Comme administrateur , exécuteur testamentaire du
« major-général , recevez mes remercîments et mes félici-
« tations. »

Les opinions émises dans cette lettre furent
confirmées, quelques mois plus tard , dans un
discours prononcé à la distribution publique
des prix de l'Ecole la Martinière, par le même
administrateur , en présence de M. LE SÉNATEUR
VAïSSE, de M. PELVEY, SECRÉTAIRE-GÉNÉRAL, et même de M. ANTONIN MONMARTIN.

Voici les passages de ce discours, relatifs à l'enseignement du dessin (voir le *Courrier de Lyon*, du
20 août 1853).

« La Martinière poursuit chaque année sa
« marche progressive; la capacité et l'expérience
« de maîtres éminents *ont donné à l'enseignement*
« *des méthodes* dont la facile application , en re-
« culant ses limites, en simplifie aussi les diffi-
« cultés : et quelle preuve plus frappante pour-
« rais-je vous en offrir que ces dessins exposés à
« nos regards ?

« Ne dirait-on pas, pour chacun d'eux, que la
« main tout à la fois la plus ferme et la plus habile
« soit substituée à celle de nos élèves pour tracer
« ces lignes variées et correctes ? Ne dirait-on pas

« que le goût le plus pur est substitué au leur
« pour répandre sur ces pages les ombres les plus
« intelligentes? Ne dirait-on pas enfin l'œuvre
« du maître?

« Eh bien, Messieurs, ces résultats qui sont le
« principe et l'âme de l'industrie manuelle, nous
« les devons, et je suis heureux de le dire ici,
« *aux savantes leçons du professeur, qui, s'affran-*
« *chissant des vieilles routines, a touché au but*
« *qu'aucun avant lui n'avait seulement aperçu.* »

En 1855, j'envoyai à l'*Exposition universelle
française* non-seulement un exemplaire de mon
cours, mais encore la réduction au cinquième
d'un cercle représentant 20 élèves au travail autour des modèles élémentaires, plus une chaise à
tablette mobile, grandeur d'exécution, dans le
double but de faire apprécier l'enseignement ainsi
que l'organisation de la classe (voir la planche 41
ci-jointe).

Cette exhibition me valut, concurremment avec
une monographie de l'église de Brou, la médaille
de 1ᵉʳ classe qui me fut remise en séance publique
à Lyon.

En 1856, *le journal publié par la Société de l'instruction élémentaire siégeant à Paris,* donnait le
rapport lu en séance publique de cette Société,
le 27 juillet de la même année, par M. LOURMAND,

sur les objets relatifs à l'enseignement admis à
l'exposition universelle; en voici un extrait :

« Votre rapporteur se félicite de l'espoir de
« visiter prochainement tous les détails du cours
« de dessin établi depuis vingt ans dans cette
« Ecole la Martinière, devenue célèbre bien au-
« delà des murs élargis de Lyon, et vous com-
« muniquer au retour le résultat de ces investi-
« gations consciencieuses, etc. etc. »

Dans son numéro de juillet 1857, le même journal dit (pag. 27) : il s'agit du dessin industriel,
« dans la célèbre Ecole la Martinière, à Lyon, où
« le dessin a pris une importance et donne des
« produits dignes de fixer l'attention bienveil-
« lante des sérieux amis de la jeunesse laborieuse
« et de notre belle patrie.

« Ils sont dus à M. Louis DUPASQUIER, archi-
« tecte du Gouvernement, chargé de cette partie
« essentielle du programme de l'Ecole; sans s'ar-
« rêter aux errements ordinaires, M. Louis Du-
« pasquier a tout créé pour la classe : la méthode
« avec ses développements et ses accessoires, et
« jusqu'au matériel dans ses moindres détails.
« Une foule de personnes ont remarqué dans le
« temps, au palais de l'Industrie, un modèle d'or-
« ganisation de cette classe, garni de ses chaises
« spéciales, de tout l'outillage et même de pou-

« pées assises, représentant les élèves au travail,
« réduits aux proportions d'une espèce de joujou.
« Ce modèle amusait les curieux ; mais les obser-
« vateurs, rendant à cette exhibition, par la pen-
« sée, les grandeurs naturelles, entrevoyaient
« l'avantage de chaque innovation. Plus heureux,
« votre rapporteur a visité l'année dernière les
« choses mêmes ; conduit dans ses investigations
« par un ancien élève de M. Dupasquier, et main-
« tenant l'un des chargés du cours, il a pu se
« rendre compte de tout sur place. L'auteur de
« cet admirable ensemble n'a voulu garder d'ail-
« leurs aucun secret ; il a publié tout son cours
« en un volume de texte fort lucide, et un atlas de
« planches très-correctes ; il s'est attaché à ren-
« dre ses leçons, soit orales, soit imprimées, in-
« telligibles pour les élèves étrangers aux mathé-
« matiques ; son texte contient l'explication de
« chaque principe, la raison de chaque procédé,
« jusqu'au devis de chaque ustensile.

« Aujourd'hui, vu la vérification du talent
« communicatif du professeur et de l'excellence
« persévérante de sa méthode, nous éprou-
« vons un vrai plaisir à proclamer que la Société
« pour l'instruction élémentaire de Paris, a jugé
« M. LOUIS DUPASQUIER, COMPLÈTEMENT DIGNE DE
« LA MÉDAILLE D'ARGENT, RÉCOMPENSE LA PLUS
« ÉLEVÉE QUE DÉCERNE LA SOCIÉTÉ. »

En 1863, au moment où j'écris cette réfutation, M. Ratchinski, gentilhomme de la chambre de sa Majesté l'empereur de Russie, envoyé par son gouvernement pour étudier la Martinière, m'a fait prier de le recevoir et a passé plusieurs longues séances chez moi pour comprendre complètement cette méthode que cependant il avait vu fonctionner à la Martinière, sous la direction de l'un de mes anciens élèves, actuellement chargé du cours.

Conclusion.

Quatorze années après la publication de mon cours, publication faisant justice des prétentions exprimées en 1839, avant même que mon enseignement fût complet, et que l'outillage ainsi que la nouvelle disposition de ma classe fût conçue; *huit années après ma sortie volontaire de l'École,* datant de la mort de l'honorable directeur M. Delamarre (1854), M. Antonin Monmartin publie une brochure dans laquelle il s'attribue l'honneur d'une création dont il n'a pas même indiqué un élément, à plus forte raison la pensée, ce qui d'ailleurs eût été difficile, car, ainsi que je l'ai dit, cette pensée comme ses développements, sont nés successivement des exigences de l'enseignement qui m'était confié.

Cette prétention, que je ne veux pas qualifier, n'est cependant pas un fait isolé, car M. Monmartin oublie aussi de faire connaître, dans cette brochure, l'organisateur du cours de *sculpture pratique*, où professent encore les deux chefs d'atelier que j'y ai placés, avec l'agrément de la Commission administrative.

Cependant ce cours, dont seul j'ai eu la pensée, et que j'ai mis bien des années à organiser (voir ma brochure publiée en 1850) d'abord avec les modèles de mon atelier particulier, puis en 1846 avec ceux choisis par moi dans les ateliers du Louvre et donnés à l'Ecole la Martinière par M. le Ministre de l'intérieur (sur la demande de M. Christophe Martin, ancien maire et député de Lyon), ce cours, dis-je, a réalisé le but que je m'étais proposé, celui de former des praticiens habiles pouvant reproduire avec intelligence et talent les compositions des maîtres, quel qu'en fût le style ; car je m'étais appliqué à garnir successivement l'atelier de modèles variés, soit avec mes propres ressources, soit aussi avec le concours financier de l'Administration (1).

J'ai lieu de penser que cette création n'a pas

---

(1) Soixante-dix-huit à quatre-vingts modèles, fournis par moi et ma propriété, sont encore dans les ateliers de la Martinière, où je les ai laissés en quittant l'enseignement, pour faciliter l'instruction des élèves.

été étrangère à la régénération de nos vieux quartiers, en permettant aux spéculateurs d'ornementer économiquement les maisons reconstruites, et donner ainsi à notre chère cité cette nouvelle apparence de grandeur due à l'initiative d'un gouvernement fort et éclairé.

La maison Richard, rue d'Algérie (ancien hôtel des Beaux-Arts), construite par moi, en 1846, a été le premier exemple qui ait montré le parti que l'on pouvait tirer de ce nouvel élément artistique à Lyon, et je dois dire, à l'honneur de mes confrères, qu'ils en ont habilement profité.

Mais comment s'étonner du silence gardé par M. Monmartin en ce qui me concerne, quand cet administrateur agit de la même manière à l'égard du docteur Alphonse Dupasquier et de M. Tabareau ?

Du DOCTEUR ALPHONSE DUPASQUIER, dont le mérite personnel a puissamment contribué cependant à la réputation de l'Ecole ; car personne n'ignore que ce savant a su imprimer à l'enseignement de la chimie, soit à l'Ecole de médecine, soit à la Martinière, un développement en rapport avec les besoins de ces deux établissements si différents dans leur but et leurs résultats (1);

---

(1) Le docteur Alphonse Dupasquier a publié deux cours de chimie ; l'un, spécial à l'enseignement de la Martinière, a été autographié pour être distribué aux élèves ; l'autre, relatif à la chimie

De M. Tabareau, que l'on cite , il est vrai, page 54 de la brochure, comme créateur de méthodes ingénieuses (1), mais que l'on oublie de mentionner comme auteur du rapport présenté par ce savant à M. le Maire, en 1825, sur le projet d'organisation d'une Ecole d'arts et métiers à Lyon , rapport qui lui valut d'être chargé de la direction provisoire de la Martinière pendant cinq années, de 1828 à 1833.

N'eût-il pas été juste aussi de rappeler que c'est à M. de Lacroix-Laval, maire de Lyon, que l'on doit d'avoir décidé administrativement, en 1828, qu'en attendant l'approbation du gouvernement, la Martinière serait installée et fonctionnerait provisoirement dans les bâtiments du pa-

---

générale, appliquée à l'industrie, n'a pu être terminé par l'auteur; mais le premier volume de huit cents pages qui a paru de son vivant, a fait naître de vifs regrets , car il annonçait une œuvre complète, digne d'un homme sérieux et éclairé, dont tous les corps savants auxquels il a eu l'honneur d'appartenir se sont empressés de faire l'éloge. Je crois inutile de rappeler ici les autres travaux publiés par mon frère, car ils sont connus de tous les savants, et sont constamment cités par eux.

(1) Page 54 de la brochure de M. Monmartin, on trouve le paragraphe suivant : « Ce qui n'est ici présenté que sous forme de « programme est devenu, dans l'application , grâce aux savants « travaux et aux ingénieuses méthodes de M. Tabareau , dont la « reconnaissance publique ne peut oublier le nom, un fait considé- « dérable quant à ses résultats ; etc., etc., etc. »

lais Saint-Pierre, sous la direction de M. Tabareau (1)?

Maintenant que l'on connaît les faits relatifs
aux nouvelles méthodes créées par moi à l'Ecole
la Martinière, ainsi que les résultats obtenus, je
ne saurais terminer sans dire, de nouveau, combien je regrette qu'un homme de la valeur de
M. Monmartin, n'ait pas compris qu'il n'avait
nul besoin de taire ou de s'approprier les travaux de ses auxiliaires, pour faire ressortir son
mérite personnel, car, en rappelant et en mettant
en relief tous les services rendus à cette Ecole, il
se fût encore grandi et ne m'eût point mis dans
l'obligation de réfuter ses prétentions. Mais s'il
est toujours pénible d'entretenir le public de sa
personnalité, l'on comprendra, je l'espère, que
je devais, à la mémoire de mon digne frère, à
l'honneur de notre nom, de faire taire toutes
mes répugnances pour raviver les traces de notre
passage à l'Ecole la Martinière, rappeler les quelques services que nous y avons rendus et reven-
diquer une bien légitime propriété, fruit de vingt

---

(1) L'ordonnance royale approuvant l'institution, n'a été rendue
que le 9 novembre 1831, et son installation définitive aux Petits-
Augustins n'a eu lieu, ainsi que je l'ai dit, qu'en 1833 (Voir le
procès-verbal d'inauguration du 2 décembre 1833, dans lequel
M. Prunelle, maire de Lyon, rend pleine justice à son prédéces-
seur, M. de Lacroix-Laval, pour cette initiative importante.

années d'expérience et de travaux incessants,
sans qu'il s'y soit jamais mêlé aucune pensée de
lucre et de vanité ; mon seul désir ayant toujours
été d'être utile à cette remarquable institution,
qui a toutes mes sympathies et au succès de laquelle je m'intéresse toujours, parce que j'ai la
confiance d'avoir, en compagnie de collabora-
teurs distingués, aidé à sa formation et à son développement, quelque minime que soit la part
que l'on voudra bien m'accorder.

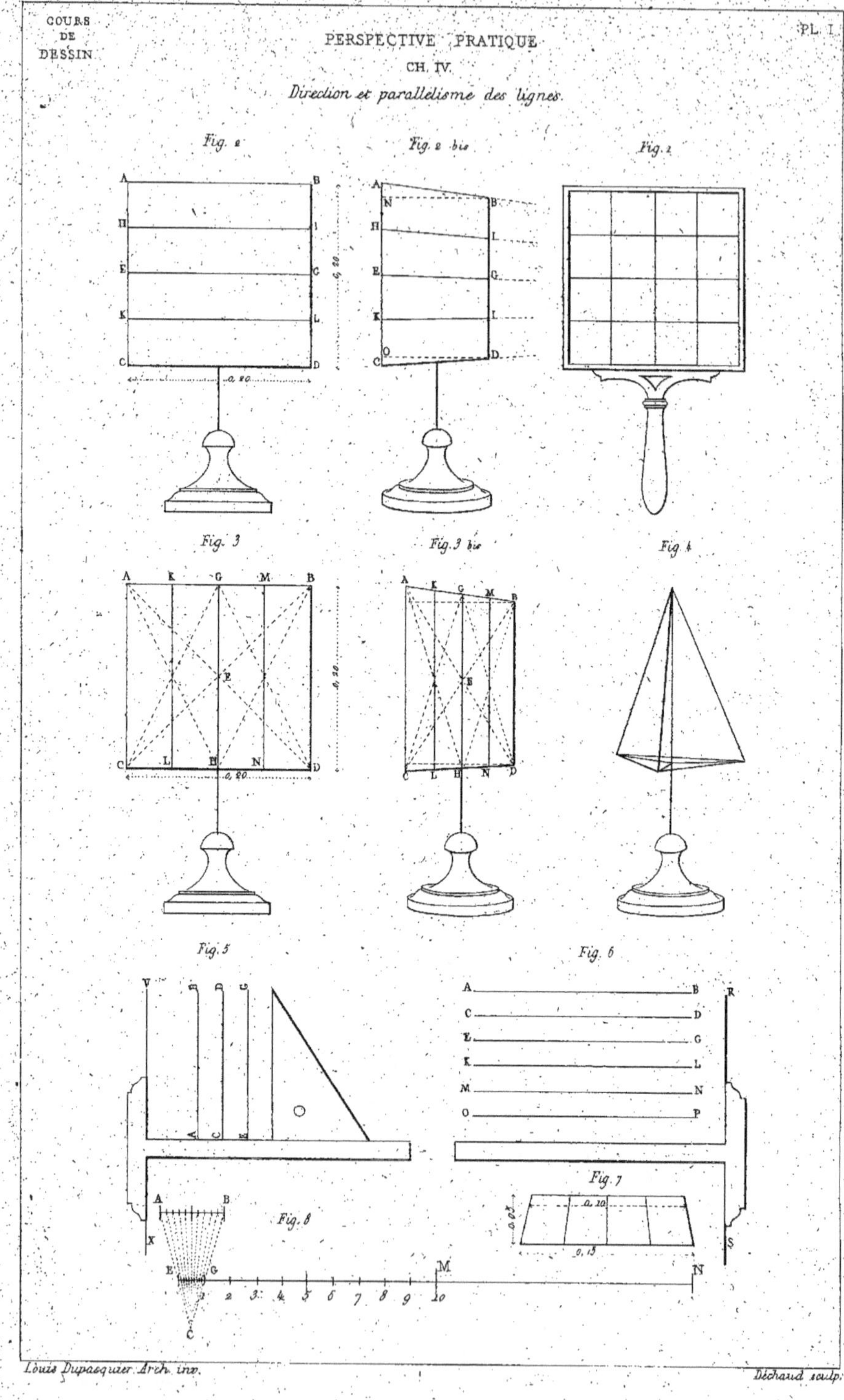
COURS
DE
DESSIN
PERSPECTIVE PRATIQUE
CH. IV.
Direction et parallélisme des lignes.
PL. I
Fig. 2
Fig. 2 bis
Fig. 1
Fig. 3
Fig. 3 bis
Fig. 4
Fig. 5
Fig. 6
Fig. 7
Fig. 8
Louis Dupasquier Arch. inv.
Déchaud sculp.
Im. Louis

COURS
DE
DESSIN.

PERSPECTIVE PRATIQUE

CH. V et VI.

Développement des surfaces et cercles.

PL. II.

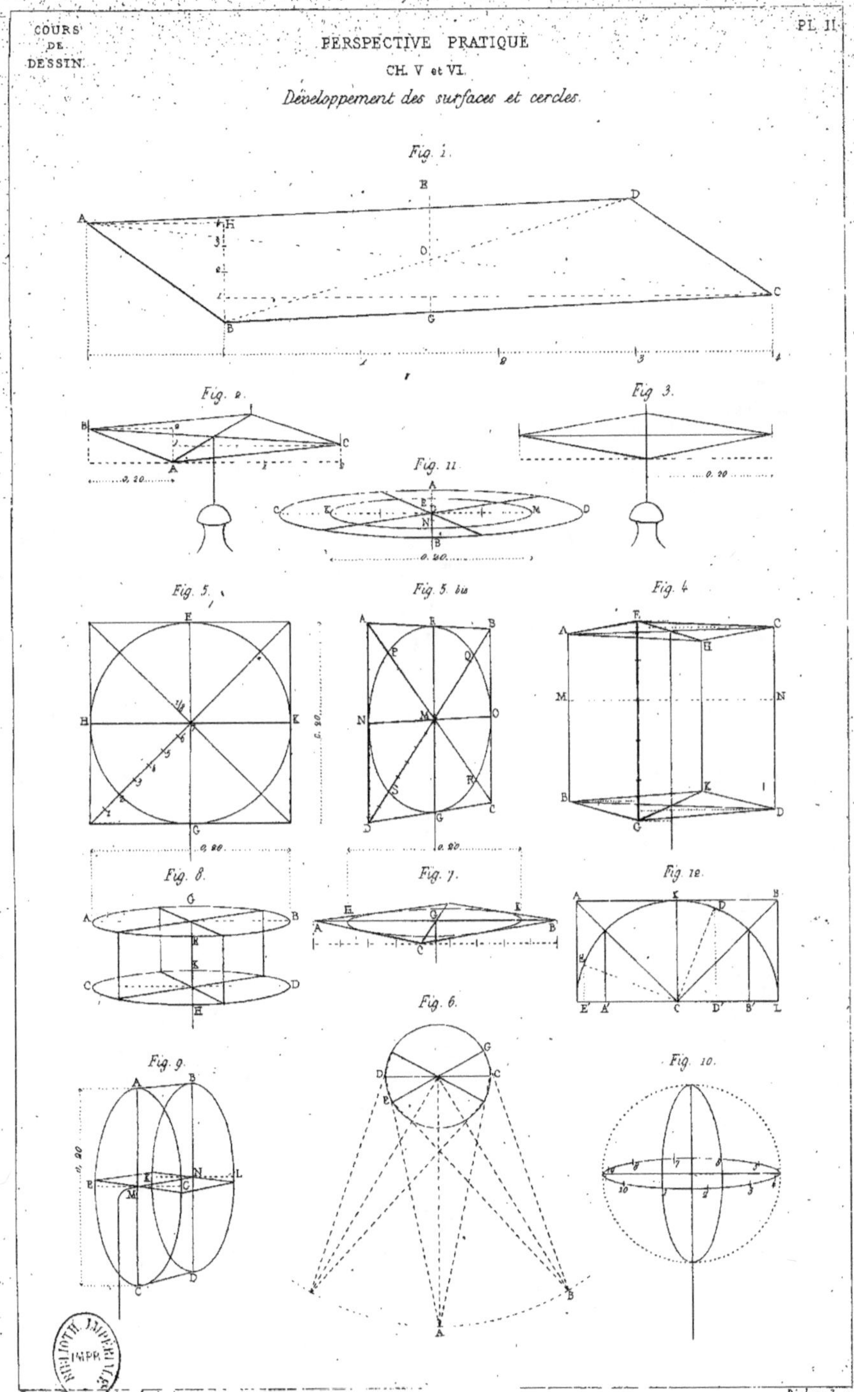

Déchaud sc.

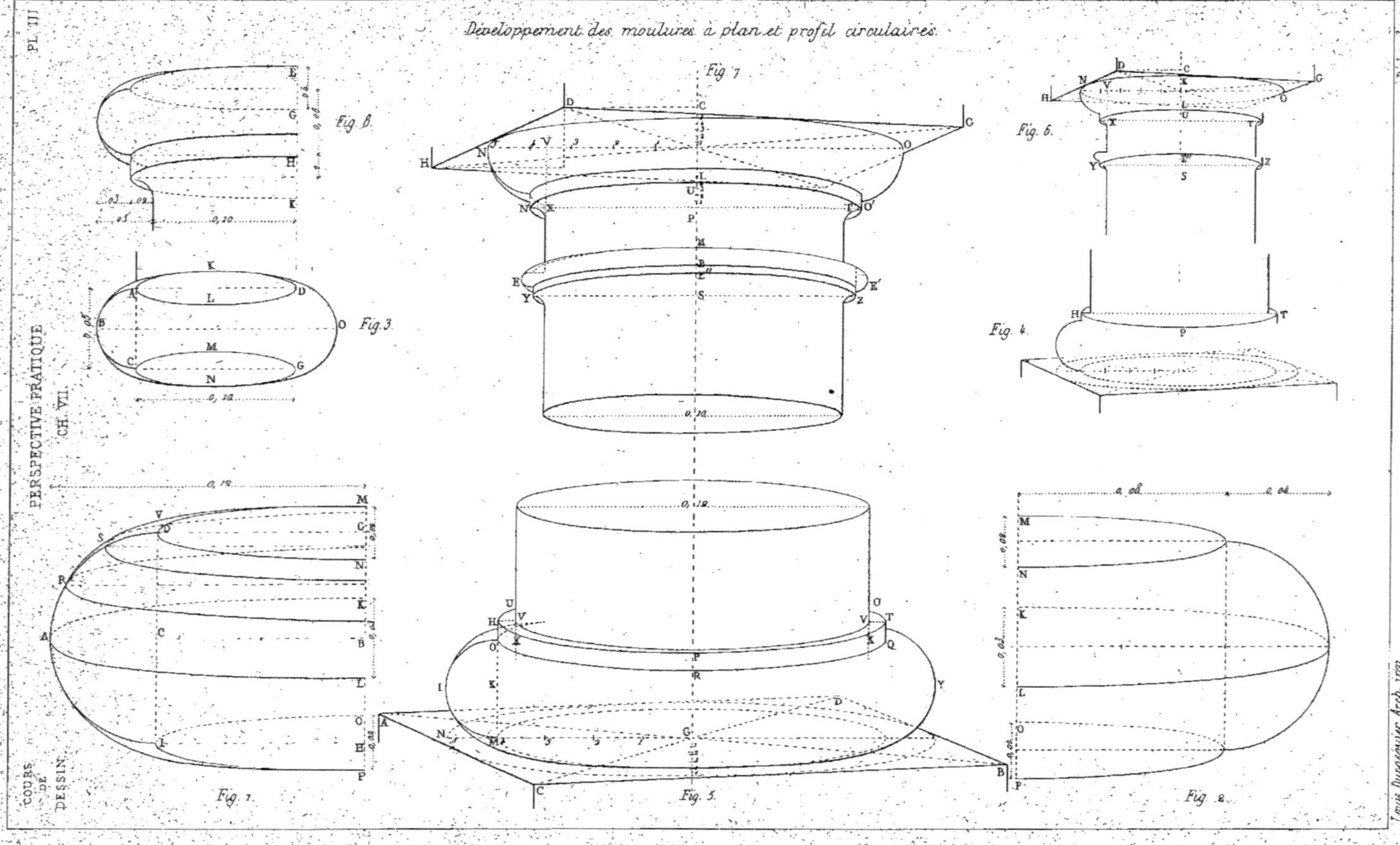

Louis Dupasquier Arch. inv.

COURS
DE
DESSIN

PERSPECTIVE PRATIQUE
CH. IV, V, VI, VII.
Résumé.

Fig. 1.

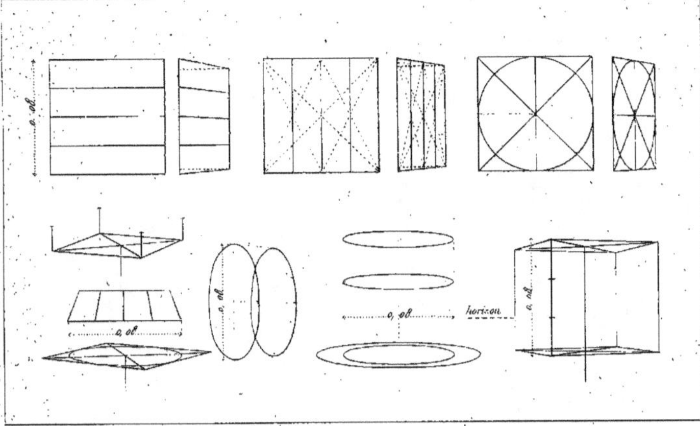

Fig. 2.

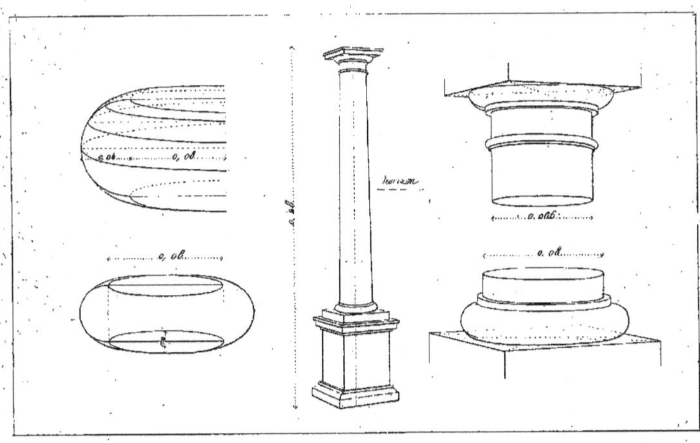

Louis Dupasquier Arch. 1850.

Déchaud sc.

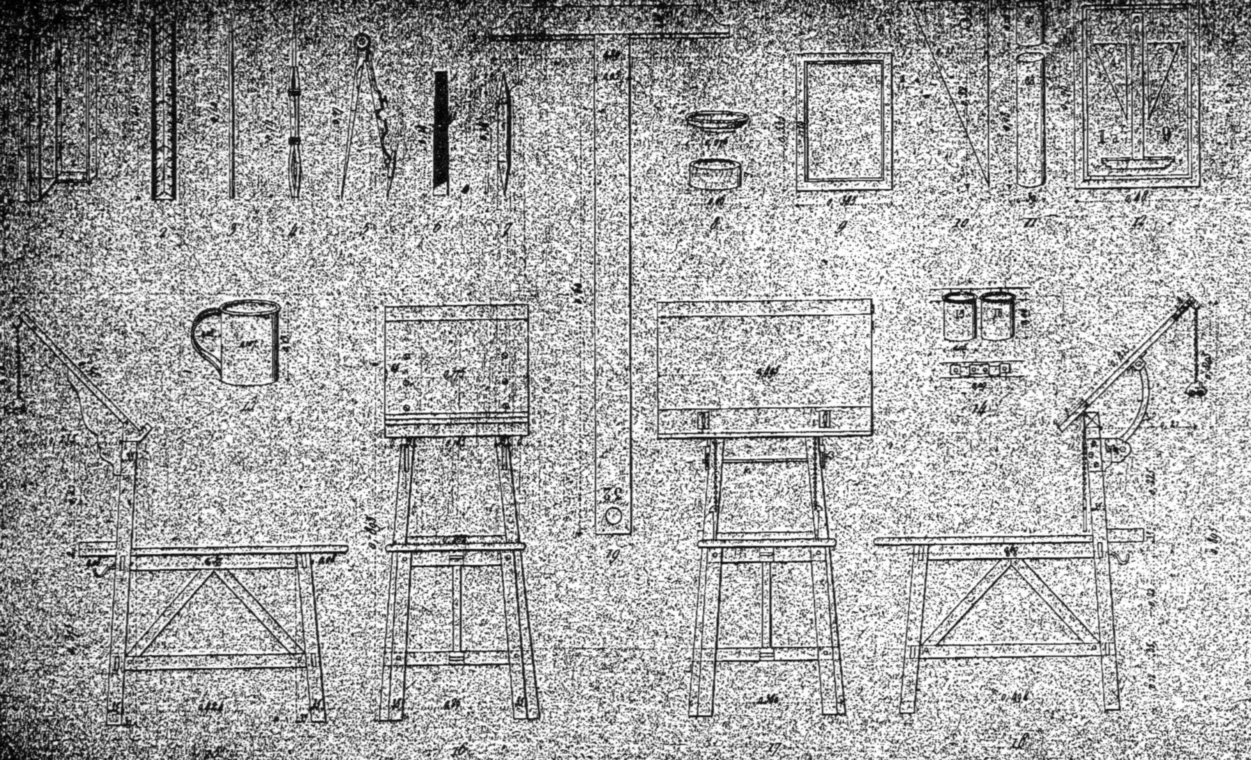

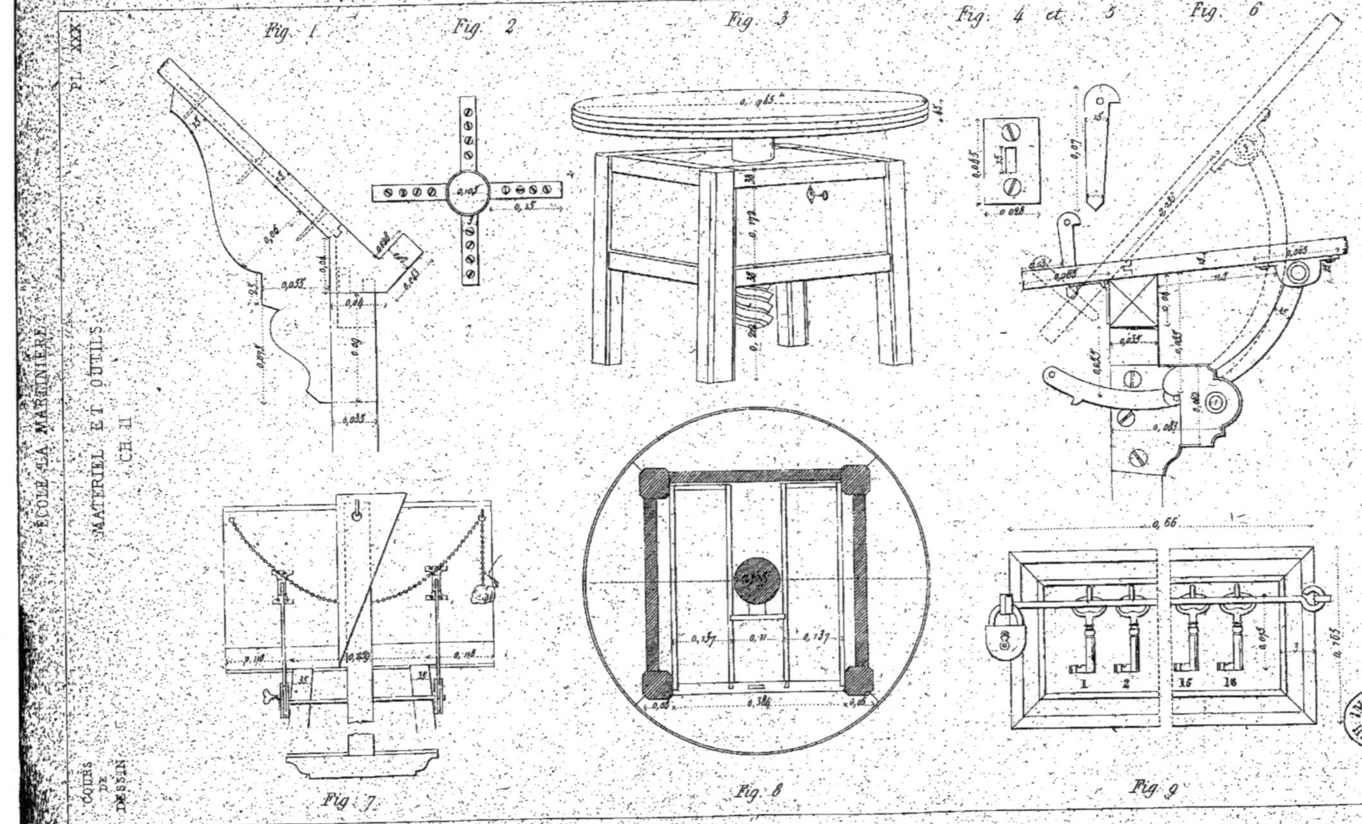

Louis Dupasquier Arch. inv.
Fugère et Sion sculp.

in R. d'Amboise. 6. Lyon

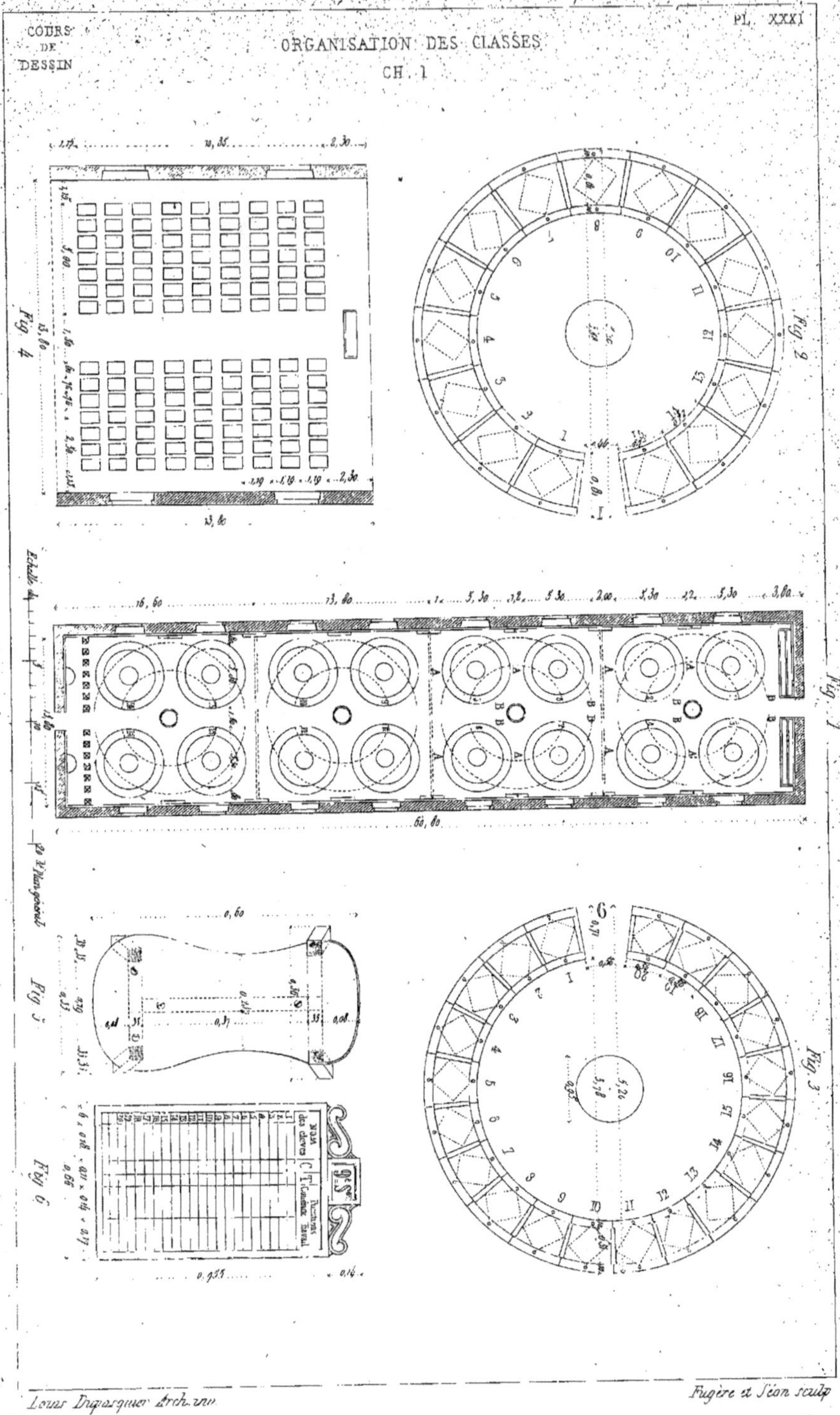

ÉCOLE LA MARTINIÈRE
PL. XXXI
COURS DE DESSIN
ORGANISATION DES CLASSES
CH. 1
Fig. 4
Fig. 2
Fig. 1
Fig. 5
Fig. 6
Fig. 3
Louis Dupasquier Arch.
Fugère et Jean sculp.
Im. Louis Per

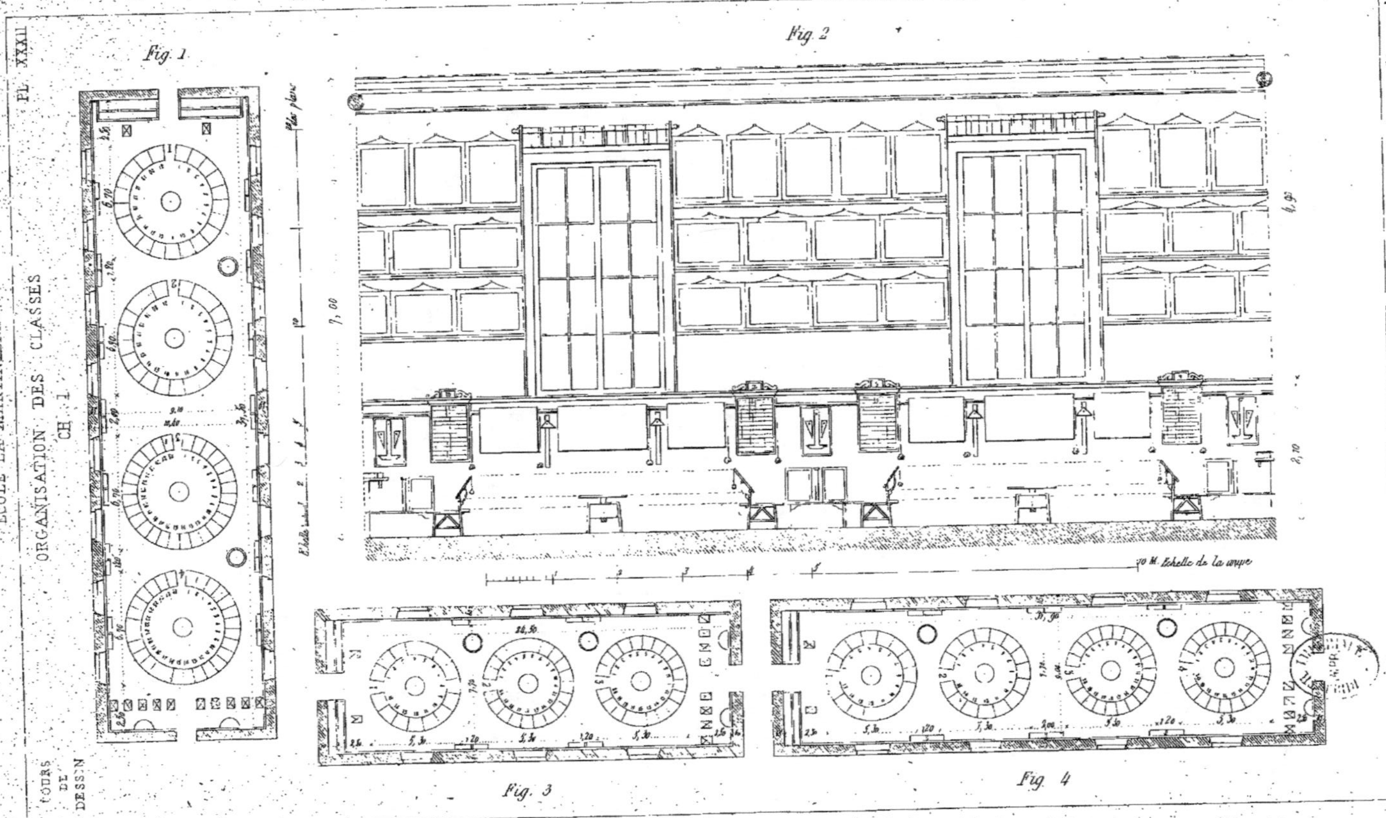
COURS
DE
DESSIN
Fig. 1
Fig. 2
Fig. 3
Fig. 4
Echelle de la coupe
Louis Duparquier Arch. inv.
Fugère et Sion sculp.